GUÍA DE LECTURA

Escrita por Claire Cornillon
Traducida por Tamara Montes Blanco

Berenice

de Jean Racine

Entiende fácilmente la literatura con

ResumenExpress.com

www.resumenexpress.com

JEAN RACINE

- **Nacido en 1639 en La Ferté-Milon (Francia)**
- **Fallecido en 1699 en París (Francia)**
- **Algunas de sus obras:**
  - *Andrómaca* (1667), tragedia
  - *Británico* (1669), tragedia
  - *Berenice* (1670), tragedia

Jean Racine (1639-1699) es la figura principal de la tragedia clásica en siglo XVII, tal y como Molière (1622-1673) lo es de la comedia. Tras una educación sólida en la abadía de Port-Royal, se instala en París, donde, a partir de 1663, es admitido en la corte de Luis XIV y desarrolla una brillante carrera de dramaturgo. Es principalmente conocido por sus once tragedias, redactadas en un lenguaje sobrio y poético, que se inspiran en la mitología griega (*Andrómaca*), en la historia romana (*Británico*) o en la historia cristiana (*Atalía*) y exploran las pasiones humanas.

BERENICE

UNA TRAGEDIA AMOROSA

- **Género:** obra de teatro (tragedia)
- **Edición de referencia:** Racine, Jean. 1983. *Seis tragedias.* Traducido por Rosa Chacel. Madrid: Alfaguara
- **Primera edición:** 1670
- **Temáticas:** pasión, dilema, triángulo amoroso, deber, separación

Berenice, una tragedia en cinco actos representada por primera vez en 1670, logró un éxito mucho mayor que *Tito y Berenice*, del dramaturgo rival de Racine, Corneille. En Roma, Tito va a convertirse en emperador, pero, para lograrlo, debe renunciar a la mujer a la que ama, Berenice, ya que se trata de la reina de Palestina y los romanos no ven a la realeza con buenos ojos. Antíoco, rey de Comagene, también ama a Berenice, pero este amor no es recíproco. La obra presenta la imposible decisión de Tito de dejar a Berenice y toda ella se sitúa en esta suspensión trágica, en este momento que precede a la separación.

RESUMEN

La escena se desarrolla en Roma, en un despacho situado entre el aposento de Tito y el de Berenice.

ACTO I

El emperador Vespasiano ha muerto y su hijo, Tito, es su sucesor. Su amante, Berenice, reina de Palestina, espera que se case con ella. Antíoco, el rey de Comagene, también ama en secreto a Berenice.

Este último quiere hablar con Berenice, pero después decide irse sin confesarle su amor. Arsaces, su confidente, que no sabe nada de este amor, no entiende por qué Antíoco se quiere marchar. Pero la reina entra y cuando Antíoco se despide de ella, acaba declarándose: «Tito, para mi desgracia, llegó, te vio y te agradó./ Apareció ante ti con todo el esplendor de un hombre/ Que guarda entre sus manos la venganza de Roma./ Judea palideció. El triste Antíoco/ figura el primero en la lista de vencidos»[1]. Berenice, que estaba muy unida a Antíoco, lamenta su marcha.

Fenicia, la confidente de Berenice, le advierte de que el pueblo romano podría oponerse a que ella fuera emperatriz, ya que los romanos detestan a la realeza. Pero Berenice está tranquila: «Ya se acabó, Fenicia, el tiempo en el que podía temer./Tito me ama, él todo lo puede, solo tiene que hablar».

---

1. Todas las citas han sido traducidas por ResumenExpress.com

ACTO II

Tito busca a Antíoco. Paulino, su confidente, le informa de que acaba de salir de los aposentos de la reina. Titus intenta saber qué piensa Roma de su eventual matrimonio con Berenice. Aunque la corte es hipócrita, Paula acaba por confesarle que Roma no quiere a Berenice como emperatriz: «No tengas ninguna duda, Señor. Ya sea una cuestión de razón o de capricho,/ Roma no espera en absoluto que sea su emperatriz». Tito, desesperado, le explica a Paulino hasta que punto ama a Berenice y que renunciar a ella no es una decisión fácil. Finalmente, decide, muy a su pesar, deja a Berenice por deber hacia Roma. Paulino aprueba su decisión: «No esperaba menos de este amor de gloria/que hace que todo a tu alrededor te una a la victoria».

Sin embargo, Tito, no consigue confesarle a Berenice que la va a abandonar. Cuando se vuelven a ver, la frialdad de Tito sorprende a Berenice, pero él no responde a sus preguntas. Entonces Berenice cree que la consternación de Tito se debe a Antíoco y a su declaración de amor hacia ella.

ACTO III

Tito, que no encuentra las fuerzas para confesarle él mismo su decisión a su amada, le pide a Antíoco que hable con Berenice y se vaya con ella: «Tu corazón y tu mente hacen uno con el nuestro./ En nombre de una amistad tan constante y bella,/ Emplea el poder que tienes sobre ella;/ Ve a Berenice por mí», le dice.

Antíoco se sorprende de la decisión de Tito. Su confidente,

Arsaces, le dice que es una buena noticia y que por consiguiente podrá ganarse el corazón de Berenice, puesto que Tito la deja. Pero Antíoco no se fía y, sobre todo, tiene miedo de darle la mala noticia a Berenice.

Antíoco va a hablar con Berenice. Como no quiere hacerle sufrir, duda si decirle la verdad. Ella insiste tanto que Antíoco acaba confesándole la decisión de Tito. Ella no le cree y descarga su ira sobre Antíoco. «Cuidad de ante mis ojos, nunca volver a aparecer», le dice. Entristecido por esta injusticia, pero compadecido por el dolor de la reina, Antíoco confirma su decisión de marcharse.

ACTO IV

Berenice se siente muy consternada y quiere ver a Tito. Este vuelve a dudar antes de ir a su encuentro y después confirma su decisión. Berenice lo acusa de rechazarla ahora a pesar de que siempre ha conocido la hostilidad de Roma hacia ella. Él le responde que antes no era emperador y que las cosas han cambiado.

Berenice se quiere morir. Tito no sabe qué hacer. Antíoco le suplica que vaya a ver a Berenice: «No atiende ni a llantos, ni a consejos, ni a razones;/ Implora a grandes gritos el hierro y el veneno». Antíoco se da cuenta de que, por amor a Berenice, actúa en contra de sus propios intereses: «He trabajado sin cesar en mi propia desgracia».

ACTO V

Arsaces informa a Antíoco de que Berenice quiere abandonar Roma. Tito intenta hablar con ella, pero está demasiado enfadada como para escucharle. Le entrega una carta que hace que este descubra que ella quiere morir. Abrumado por esta noticia y sin saber qué hacer, Tito hace ir a Antíoco: «¿Quieres morir? ¿Y de todo lo que amor/no quedará más que un triste recuerdo?/Que vayan a buscar a Antíoco, que le hagan venir». Tito persiste en su decisión de dejar a Berenice por deber para con el imperio, pero amenaza con matarse si su amada continúa dejándose morir.

Antíoco le confiesa su amor por Berenice a Tito y también amenaza con matarse. Entonces, Berenice les responde. A Tito, le dice que ella ya ha comprendido que la ama y que se irá tal y como él desea. A Antíoco, le aclara que no puede aceptar el amor de nadie que no sea Tito. Se despiden.

ESTUDIO DE LOS PERSONAJES

TITO

Tito es el emperador de Roma. Representa el Estado y carga con la responsabilidad que esto le confiere. Ha sido el amante de Berenice durante cinco años y ahora se encuentra entre la espada y la pared: a Roma no le gusta la realeza y, por lo tanto, no se puede casar con Berenice, ya que es reina.

Su argumentación se basa durante toda la obra en la oposición entre el amor y el deber. Opone la situación anterior, cuando era libre de amar lo que deseaba («Otro se encargaba del imperio del mundo»), y la actual, tras la muerte de su padre («Sentía el peso que me había sido impuesto»). Su discurso siempre se basa en incertidumbres, paralelismos y antítesis. Roma, omnipresente en sus diálogos, se disputa el puesto con Berenice. En él se enfrentan el poder y la impotencia: «Puedo nombrar a los reyes, puedo destituirlos;/Sin embargo, no puedo disponer de mi corazón».

No obstante, tal y como subraya Roland Barthes (semiólogo y escritor francés, 1915-1980) en *Sobre Racine* (1963), «Tito está desgarrado, no entre un deber y un amor, sino entre un proyecto y un acto» (Barthes 1992, 129). En la obra, su meta no es tomar una decisión. Realmente no tiene un dilema. Cuando comienza la obra, ya ha decidido dejar a Berenice, pero aún debe asumir su decisión, revelarla y actuar en consecuencia. En esta duda es en lo que se basa la trama.

Por ello, el discurso de Tito apunta a lo elegiaco, al lamento.

Igual que los otros personajes, no se atreve a decir lo que realmente piensa y afrontar la reacción de Berenice. Él, el soberano, se desvanece ante la situación presente: «¿Por qué soy emperador? ¿Por qué estoy enamorado?». ¿Su duda es sincera o solo es la declaración de su debilidad? Tito es un personaje ambiguo que, con su actitud, hace sufrir a Berenice, por supuesto, pero también a Antíoco.

BERENICE

Reina de Palestina, Berenice es la clave de la obra. Sin embargo, sufre toda la acción. La trama comienza cuando Tito se dispone a dejarla, pero ella se engaña con ilusiones y cree que Tito va a casarse con ella. Se presenta como una mujer posesiva.

Idolatra a Tito, cegada por su amor, olvidando sus debilidades, que, no obstante, no dejan de hacerse patentes a lo largo de toda la obra. Así lo describe: «Ese porte majestuoso, esa dulce presencia./ ¡Cielos, con qué respeto y qué complacencia/Todos los corazones en secreto le aseguraban su lealtad!». Lo ve como un hombre todopoderoso y adorado por su pueblo. Por lo tanto, no puede imaginar que no podrá imponer su elección. Sin embargo, Tito ha elegido seguir la voluntad de Roma.

Por consiguiente, Berenice es quien, al principio, construye su propia ilusión. Intenta comprender los acontecimientos imponiendo su matriz de interpretación errónea. En los diálogos, se plantea preguntas y ella misma se proporciona las respuestas. Se niega a ver los signos de su desgracia.

Pero cuando por fin comprende la decisión de Tito, también se equivoca. Cuando piensa que él nunca la ha amado realmente, se hunde en el dolor, como una perfecta protagonista de tragedia. «¿Qué has hecho, Señor? La amable Berenice/quizá expire en brazos de Fenicia», le dice Antíoco a Tito. Entonces es invisible a ojos del espectador, y son los otros personajes los que cuentan sus gritos y su desesperación. Finalmente, cuando todo sale a la luz, asume la decisión de Tito. A pesar de sufrir una decisión que ella no ha tomado, es ella quien tiene la última palabra y con ella da el consentimiento.

ANTÍOCO

En este triángulo amoroso, Antíoco, rey de Comagene, representa a quien ama en secreto. Amigo fiel de Berenice y de Tito, no sabe qué posición ocupar en esta crisis entre los dos amantes, ya que su interés propio entra en conflicto con el interés de la persona a la que ama.

Antíoco representa antes que nada la figura del héroe guerrero que ha apoyado a Tito. Arsaces dice lo siguiente: «El ariete impotente los amenazaba en vano/Solo tú, Señor, solo tú, con una escalera en la mano,/ Tú llevaste la muerte hasta la cima de sus murallas».

Esta actitud lo coloca en una posición de extraño confidente, de amigo y, sobre todo, de intermediario entre los dos amantes. En ese momento de crisis, cuando la comunicación se vuelve imposible, es él quien se convierte en el enlace entre Tito y Berenice, puesto que cada uno le encarga que hable con el otro. Es el hombre en la sombra, el que no solo podría interponerse entre Tito y Berenice, sino también el que finalmente les sirve de intermediario para comunicarse. Es una trágica ironía para quien ama a Berenice, servir finalmente a la pasión de esta por Tito: «Me conmovían los llantos que hace derramar un rival;/ yo mismo le pido auxilio». Así, actúa contra su propio interés porque sufre al ver que Berenice es desgraciada.

CLAVES DE LECTURA

EL TRIÁNGULO AMOROSO

La obra *Berenice* se construye sobre un triángulo amoroso en torno al personaje epónimo. Tito y Antíoco la aman: el primero quiere dejarla y el segundo confesarle su pasión. Pero Berenice solo ama a Tito y rechaza a Antíoco.

Por lo tanto, la obra oscila como un péndulo: en cada diálogo, los equilibrios se transforman, la situación cambia y el conjunto vuelve a ser inestable, en particular para Antíoco, cuyo destino depende por completo de las decisiones de los demás. Puesto que Tito ya sabe lo que quiere hacer, y Berenice no tendrá más remedio que aceptarlo. Pero ella también decide rechazar el amor de Antíoco, al que solo ve como un amigo.

Tal y como muestra el último discurso de Berenice, el propio fondo de la obra se encuentra en una serie de paralelismos y antítesis: «Lo amo y lo evito; Tito me ama y me deja». Esta es la razón de que la historia será trágica, ya que los intereses de los personajes nunca se encuentran y todos los amores son frustrados: «Adiós: sirvamos los tres como ejemplo al universo/ Del amor más dulce y el más desgraciado/ Del que pueda guardar la historia dolorosa», añade ella.

También existe un cuarto personaje en la obra: Roma. A lo largo de los actos, flota el rumor, es decir, la voz de Roma, de la que se hacen observaciones y se trata de comprender la lógica. También se trata de posicionarse al respecto de esta voz, y aunque Berenice piensa que Tito tomará la delantera, este, su amante, decide ceder a las voluntades de Roma. «De la reina y de mí, ¿qué dice la voz pública?», pregunta Tito. No obstante, también distingue la corte y sus mentiras serviles de la auténtica voz de Roma que le hace conocer para poder respetarla: «No tomo como juez a una corte idólatra,/ Paulino: me propongo un escenario más noble».

UNA OBRA SIN ACCIÓN

No hay ninguna acción real en la obra, lo que, por cierto, se le ha reprochado alguna vez al dramaturgo, ya que toda la trama se basa en la duda de Tito. Dado que no expresa claramente su voluntad a Berenice, los personajes oscilan entre la esperanza y la desesperación. Por lo tanto, se trata de una obra eminentemente psicológica, basada en la interiorización. De hecho, cada personaje intenta comprender la actitud del otro y reacciona emocionalmente ante lo que descubre. Esta es la razón de que la única acción posible que quede al final sea la no-acción radical, la muerte: los personajes no dejan de jugar la carta del chantaje con el suicidio. Amenazan con matarse, ya que una vez agotados todos los argumentos, ya no saben cómo defenderse.

Racine escribe en el prefacio de la obra: «No es necesario que haya sangre y muertes en una tragedia: basta con que la acción sea grande, que los actores sean heroicos, que las pasiones se exciten y que todo se resienta de esta tristeza majestuosa que crea todo el placer de la tragedia». De hecho, la obra no termina en un baño de sangre, y lo trágico se aprecia en la grandeza de Berenice en su renuncia final y en la desesperación patética de Antíoco.

LA IMPOSIBILIDAD DE COMUNICAR

Podríamos creer que la tragedia se basa aquí sobre un dilema —que sería el de Tito entre Roma y Berenice—, pero, en realidad, se basa más bien en la imposibilidad de la comunicación. El propio decorado de la obra es un lugar intermedio, un espacio entre los aposentos de Tito y los de Berenice; aunque debería ser un lugar encuentro, es un lugar de evitación. Tito evita a Berenice y Antíoco también desearía huir de ella, pero la confrontación final se convierte en necesaria.

La expresión del amor en la obra siempre es indirecta: los personajes necesitan a un tercero para llevar el mensaje y cuando se expresan cara a cara, las palabras suelen malinterpretarse. El diálogo se divide en capas, la puntuación muestra la duda y las respuestas hacen las veces de puntos suspensivos. En especial las de Tito, por ejemplo en la escena 4 del acto II, en la que sugiere la voluntad de Roma sin confesarle a Berenice que quiere dejarla. Sus frases quedan suspendidas aunque Berenice lo empuje a hablar.

Berenice construye, ante este silencio, su propio monólogo. Puesto que Tito no le da respuestas, se las inventa y construye una ilusión con la que se complace: «Quizá tenga miedo, quizá tenga miedo de casarse con una reina./ Por desgracia, si fuera cierto... Pero, no, cientos de veces/ Ha tranquilizado mi amor contra sus duras leyes». Hay que esperar a la última escena para que por fin los tres protagonistas se enfrenten, revelen toda la verdad y asuman sus decisiones.

PISTAS PARA LA REFLEXIÓN

ALGUNAS PREGUNTAS PARA PROFUNDIZAR EN SU REFLEXIÓN...

- ¿Dónde se sitúa la acción? ¿Cómo interpretar esta elección del decorado?
- ¿Qué papel desempeña Antíoco en la obra?
- Analice la evolución de Berenice a lo largo de toda la obra: ¿qué estados psicológicos atraviesa?
- ¿En qué se basa el aspecto trágico de *Berenice*?
- ¿Cuál es la posición de Tito al principio de la obra? ¿Ha tomado una decisión?
- Analice el final de la escena 4 del acto II. ¿Qué características tiene este diálogo? ¿Cuál es su dinámica?
- En la escena 5 del acto II, analice el largo parlamento de Berenice. ¿Por qué podemos decir que se parece a un monólogo?
- Compare la situación de los personajes en la primera escena de la obra y su situación en la última escena: ¿qué ha cambiado?

PARA IR MÁS ALLÁ

EDICIÓN DE REFERENCIA

- Racine, Jean. 1983. *Seis tragedias*. Traducido por Rosa Chacel. Madrid: Alfaguara.

ESTUDIO DE REFERENCIA

- Barthes, Roland. 1992. *Sobre Racine*. México D.F.: Siglo XXI.

EN RESUMENEXPRESS.COM

- Guía de lectura de *Andrómaca* de Jean Racine.
- Guía de lectura de *Ifijenia de Áulide* de Jean Racine.
- Guía de lectura de *Fedra* de Jean Racine.

ResumenExpress.com